爐端 ろばた

李瓜 三行詩集

【總序】

台灣詩學吹鼓吹詩人叢書出版緣起

蘇紹連

　　「台灣詩學季刊雜誌社」創辦於一九九二年十二月六日，這是台灣詩壇上一個歷史性的日子，這個日子開啟了台灣詩學時代的來臨。《台灣詩學季刊》在前後任社長向明和李瑞騰的帶領下，經歷了兩位主編白靈、蕭蕭，至二○○二年改版為《台灣詩學學刊》，由鄭慧如主編，以學術論文為主，附刊詩作。二○○三年六月十一日設立「吹鼓吹詩論壇」網站，從此，一個大型的詩論壇終於在台灣誕生了。二○○五年九月增加《台灣詩學‧吹鼓吹詩論壇》刊物，由蘇紹連主編。《台灣詩學》以雙刊物形態創詩壇之舉，同時出版學術面的評論詩學，及以詩創作為主的刊物。

　　「吹鼓吹詩論壇」網站定位為新世代新勢力的網路詩社群，並以「詩腸鼓吹，吹響詩號，鼓動詩潮」十二字為論壇主旨，典出自於唐朝‧馮贄《雲仙雜記‧二、俗耳針砭，詩腸鼓吹》：「戴顒春日攜雙柑斗酒，人問何之，曰：『往聽黃鸝聲，此俗耳針砭，詩腸鼓吹，汝知之乎？』」因黃鸝之聲悅耳動聽，可以發人清思，激發詩興，詩興的激發必須砭去俗思，代以雅興。論壇的名稱「吹鼓吹」三字響亮，而且論壇主旨旗

幟鮮明，立即驚動了網路詩界。

　　「吹鼓吹詩論壇」網站在台灣網路執詩界牛耳是不爭的事實，詩的創作者或讀者們競相加入論壇為會員，除於論壇發表詩作、賞評回覆外，更有擔任版主者參與論壇版務的工作，一起推動論壇的輪子，繼續邁向更為寬廣的網路詩創作及交流場域。在這之中，有許多潛質優異的詩人逐漸浮現出來，他們的詩作散發耀眼的光芒，深受詩壇前輩們的矚目，諸如鯨向海、楊佳嫻、林德俊、陳思嫻、李長青、羅浩原、然靈、阿米、陳牧宏、羅毓嘉、林禹瑄⋯⋯等人，都曾是「吹鼓吹詩論壇」的版主，他們現今已是能獨當一面的新世代頂尖詩人。

　　「吹鼓吹詩論壇」網站除了提供像是詩壇的「星光大道」或「超級偶像」發表平台，讓許多新人展現詩藝外，還把優秀詩作集為「年度論壇詩選」於平面媒體刊登，以此留下珍貴的網路詩歷史資料。二〇〇九年起，更進一步訂立「台灣詩學吹鼓吹詩人叢書」方案，鼓勵在「吹鼓吹詩論壇」創作優異的詩人，出版其個人詩集，期與「台灣詩學」的宗旨「挖深織廣，詩寫台灣經驗；剖情析采，論說現代詩學」站在同一高度，留下創作的成果。此一方案幸得「秀威資訊科技有限公司」應允，而得以實現。今後，「台灣詩學季刊雜誌社」將戮力於此項方案的進行，每半年甄選一至三位台灣最優秀的新世代詩人出版詩集，以細水長流的方式，三年、五年，甚至十年之後，這套「詩人叢書」累計無數本詩集，將是台灣詩壇在二十一世紀中一套堅強而整齊的詩人叢書，也將見證台灣詩史上這段期間新世代詩人的成長及詩風的建立。

　　若此，我們的詩壇必然能夠再創現代詩的盛唐時代！讓我們殷切期待吧。

二〇一四年一月修訂

生命的輕穗與燒灼

高雄市立空中大學文化藝術學系副教授　李友煌

　　老同學李瓜要出詩集了，真是滿心欣喜，彷彿自己也要出書般。距上本詩集《徵友啟事》（2012，讀冊文化）已經10年多了，李瓜累積飽滿的創作成果，200首三行詩，像極了這季節最驚豔的紅葉，抓緊枝頭，訴說經霜歷雪的容顏與風雨搖曳的心事。待你覽閱，便紛紛，墜落，以鋪地織錦，仰視傲兀崢嶸的風骨。

　　與人分享生命的感動，詩無疑是最能打動人心的藝術形式之一。與《徵友啟事》不同的是，這本《三行詩集》採極短極簡的表現方式，每首詩都只有短短三行，但給人的感覺卻非晶瑩剔透那種，毋寧是每次淺嘗即止的狀況下都餘韻裊裊、欲罷不能的回味與回甘，像一小丸茶珠，揉製得扎實緊密了，沈甸甸的輕，看似微不足道，卻能在壺中、口中，展為濤濤江湖；而每一丸，粒粒分明，卻都枝葉連理，蔚為茂樹；在心葉聯翩中，潛泳、翱翔，輕盈又深刻。真的是「字字有菩薩」（摘自〈風颭〉），處處見珠璣！

　　李瓜的短詩，有的我已在他的臉書上讀過了，印象深烙至今。那大都搭配照片的詩寫及發表管道，我認為是這個時代推廣現代詩的最佳方式之一。除了我個人也運用「臉書」來發表「臉詩」（我對這種運用「臉書」來發表的配圖詩之暱稱），也在大學（高雄市立空中大學文化藝術學系）開設的「現代詩賞析與創作」課程，以社團方式開設「高雄臉詩團」發表園地，讓學生和老師可以盡情在這裡分享、交流他們的詩作。學生可以隨時發表，可以得到立即回應，更加強了他們創作的動力，詩作也在彼此觀摩、回饋中得到發展與提升的機會。短短一個學期，師生20餘人合計發表了約兩百首詩，這對一個成人教育、在職學生為主、年齡普遍中高（班上最高齡者，當時104-2學期已70歲）的教育現場而言，實難能可貴。到現在，即使課程早結束了，仍會有學生不時上網分享配照片的詩作，創作不輟，快樂延續。

　　當初看到李瓜在FB發表的「臉詩」時，就被他配詩的照片所吸引，記得還曾告訴過他非常喜歡他拍的照片，希望他未來出詩集時可以把這些照片一起刊出，果然這本詩集就以這種形式來呈現，充分展露他在詩藝之外的另一種才華──攝影。不過，稱讚一位詩人相片拍得好，絕非「詩其次」之意，而是影像本來就是任何版面構成的焦點，報紙、雜誌等平面媒體，甚至電子媒體、新媒體等，

最快能抓住眼球的都是影像／圖像，而非文字。影像是視覺焦點所在，對現代詩而言，是可以協助吸睛的利器，而且幾乎是手到擒來的幫手——隨時隨地人人都可進行手機拍攝，捕捉並創作影像，用以並呈、豐富詩文。不管是光影先行或詩感先發，亦或兩者同時著床於詩人心靈，影像都會在這個社群網路的時代，替詩打通關，讓詩被看見、被讀。且其效果，恐怕遠比傳統的文本傳播方式——紙本印刷，來得迅速、宏大。

然則，詩集還是有它的優勢。打江山可以靠網路；定江山，非得詩集不行。網路、特別是社群網站，新陳代謝、喜新厭舊的速度驚人，配圖詩作一旦發表就會在立即爆發的當下，不可避免的往下「沉淪」，「隱沒」於大量的、不斷升空的炫麗資訊煙火之中。這是網路生如夏花的電子宿命。因此，紙本、出版成為救贖——一種可長可久的信仰。也許對我們年過半百的這一代（所謂「五年級」生）而言，「中年如此靜好」（摘自#49）的原因就在於此，像詩中的影像——安靜的紙與筆，還有染上濃濃墨色、餘波盪漾的咖啡吧！

李瓜的鏡頭極具人文溫度，感受性極強。「心隔著雨滴／隔著眼隔著鏡頭／拍到了溫度」（摘自〈雨景〉），是他對自己運鏡想法的最佳寫照。是心的溫度讓風景和詩有了溫度。鏡頭隨著詩人的生活、行旅而移動、靜止，捕

捉再現了詩人的吉光片羽與剎那靈光，與詩呼應，相互轉
譯、深化、嫁接、拼貼、戲仿……

　　有些影像極具魅力，無庸文字，本身就有詩的強
度了。像〈#6〉、〈鎖〉、〈夢幻列車〉、〈起厝〉、
〈小孩〉、〈#103〉、〈#122〉、〈#143〉、〈#185〉、
〈#190〉等，紋理豐富、質感溫潤，光看照片就興味無
窮，每一幀可能都來自詩人行止間手機隨拍所得。光影幻
化、人生流轉，等待詩人定格，以詩眼、詩心；所以就算
尋常風景、景觀、事物，也能在詩人鏡頭詮釋下，展露風
華、滄桑、故事與哲思。李瓜在這本詩集中亦引不少名家
的攝影作品入詩，可見他對攝影藝術的品味與愛好，已超
出單純合詩的需求，而他的影像表現也印證他把攝影當作
一門單獨藝術來經營的力道與火候。

　　影像、詩，交織這些有溫度的寂寞，也訴說詩人的心
事，一個感情溫柔寡言的中年男子。〈#6〉「月台方向／
左右不同／還是可以坐在一起」，想李瓜長年奔波於教職
生涯的點滴，車裡、車外，大多時候孤家寡人。等車、車
來了、車走了，上車的卻不是自己，他還得繼續等下去，
一個人。寂寞和寂寞的人可以互相取暖，即使不同行，或
同行不同命，因為大家都帶著人生相同的行李——情感。
況，詩人自我調侃：「有就飛下來／沒有則到處晃晃／單
或雙都好」（〈月台麻雀〉），火車是他南來北往的交通

工具，麻雀也曾陪他一段，與他成雙。

　　〈過去〉「妳胸坎的花／是心肝頭的笑容／恬恬放
袂去」是李瓜的深情之作，以台語詩寫來，格外動人。這
本詩集中，李瓜放進不少台語詩作，成為另一風景。訴情
感、說心事、抒行旅、觀風土、寫小物、議論事、描摹
人，在以漢字為主體、輔以羅馬拼音的書寫方式下，不僅
讀得懂，讀得出，也讀得入，比起全然採取拼音方式書寫
的台語文，這樣的書寫模式，對一般讀者而言溫柔寬容
多了。

　　動中之靜，生活之靜，哲思之靜，文靜之心在這
本詩集中，信手翻來，無處不在，靜默已成為詩人的大
哉言。「你偶然棲止／風沒有隱喻的吹／靜靜的就好」
（#100），靜，台語「恬」，有安適、美好、淡泊之意，
李瓜是一個真恬美的人，這是一本真恬美的詩冊。

　　〈攌衫〉
　　四界人盤攌
　　日子妳恬恬仔攌
　　清氣來曝衫

什麼都要「恬恬仔」，恬恬仔攌衫，恬恬仔愛，恬恬仔記
咧，恬恬仔放袂去。所以，「就這樣說定／靜默的喧囂給

我／其他都給你」（〈喧囂〉），連喧囂都安靜了，寂寞遂升華為自在。度歲月，過日子，這個認真生活的中年男子，「終於／寫就一首困頓／中年如此靜好」（#49），而他的詩如此靜美，不忮不求，困頓一首又何妨。中年心境，微苦回甘，就是這麼簡單的品嚐、感受，不用想太多，像這尾〈秋刀魚〉這麼耐人尋味：

〈秋刀魚〉
你喜歡咀嚼
簡簡單單一尾魚
嚐淡淡苦味

三行成詩，詩人自訂的規矩，非但沒有綁死詩，反而讓詩有種意在言外的伸展，雲淡風輕或雪泥鴻爪，簡約有限的形式反而有利開拓詩的想像空間。從一道光影、一個畫面、一處靈動、一句心語、一個意象出發，三步就停，絕不多話。詩以最單純的自身呈現，沒有雕琢構築，沒有繁複的加工與調味。詩三行，可以發酵，但不會膨脹，不會以龐大的量體對讀者造成壓力。詩人把開啟想像空間，意猶未盡的權力，交還讀者，輕輕的。

詩集中，俐落的社會切片，依舊是李瓜社會關懷、政治批判的詩路之延續。知識分子當何為？妥協、犬儒、靠

勢絕非詩人選項。詩人為島嶼庶民把脈，在三行詩中更顯深切。〈#135〉，春寒料峭的夜裡，為單車超載回收資源的老叟，詩人獻上祝福：「你不斷努力／即使滿滿的背負／就慢慢走吧」。對低頭工作的老鞋匠，詩人感嘆：「時代高架了／離地面越來越遠／你留不住了」（#108）。對炒房的社會現象，他舉重若輕：「空屋是電話／是恬寂寂的晚暝／無聲的薄紙」（#103），卻不減批判意味。政治的遮羞布，詩人同樣不會放過，「偉大是寂寞／最怕青春的喧嘩／掀起你長袍」（〈校園角落〉）；「再包緊一點／別洩露不朽屍味／口罩了校園」（〈銅像〉）。這些詩作，搭配照片，互為表裡，既精準的傳達，也加深加重了二而一的力道。「日光燦爛啊／遠方足球場傳來／和平的哭嚎」（〈世界〉），這世界就這樣，燦爛得無情，燦爛得令人心痛！此詩，詩人並置了兩個世界，讓人省思戰火的無情與人類的殘酷，而世界是隨時可能翻轉的，上一刻天堂，下一刻成地獄！

以酒結束吧！和詩人喝過酒的，也許尚未探知他的酒量，但都知道他的酒膽，真性情啊！「酒尚未黎明／他還在月下斑斕／找閃亮的字」（#155），看來只有酒最知道詩人想找的是什麼？

世情さけ酒
冷熱醇薄看時間
靜默在爐端

——〈爐端〉

這首詩是李瓜到日本旅遊，於富良野市炉ばた居酒屋有感而發所作，呈現的是靜看人情冷暖的中年心境，雖不免一絲寂寥心緒，但世事看得多、看得開了，冷熱由人，餘溫在我，詩人已澄明豁達。

　　中年心境，爐火純青。就舉杯，以酒結束吧！和詩人乾杯！以詩……

李瓜《三行詩集》序

成功大學中文系退休教授　吳達芸

　　2018年1月中旬，李瓜突然給我一椿「功課」，為他即將出版的《三行詩集》寫序。當他應我方便閱讀的要求，將電子稿的詩作，以紙本影印寄來給我時，計四疊，共200頁，為他作序，對我的確是一椿「功課」。此外，因為裡頭有一些台語詩，我的母語剛好不是台語，當然得作些「功課」。

　　翻開這200頁，第一首〈聽詩〉：「恬靜波瀾於心／我們學著臨摹／歲月」，有註曰：「聆聽林梵於簽書會上朗詩有感。2012／9／9」。可見李瓜的三行詩，形式靈感來自詩人林梵（林瑞明）在臉書發表的數千首「台灣俳句」；但李瓜不用「俳句」而僅取行數為名，我猜他是有著一方面既尊師（林梵是李瓜研究所碩、博班的老師）、另方面又重道（學生總要表現與老師有些不同的新意）的微意。因為日本的俳句雖也是三行，但每行不是5、7、5的字數，而是5、7、5音數，如日語的「私」，漢字是一字，但日音是3音的「わたし」或4音的「わたくし」，因

此李瓜可能覺得台灣的三行短詩，與日本的三行俳句顯然是貌合神離的；再加上台灣文學史上，林梵之前早有跨越語言一代的詩人蕭金堆、朱實等推動過台灣漢俳，其後陳黎、林建隆也在90年代出版過台灣俳句詩集，因此李瓜乃逕以三行為題，既素樸又別緻。

　　李瓜自此從2012年9月9日起，開始抒寫這樣每首三行的短詩，一直寫到2018年1月5日為止，總共寫了六年，共計200首。六年200首的產量並不算多，但持續的創作，能說他不是個相當有毅力及用功的詩人嗎！

　　他的三行詩，有時會再加上一些小註，以提供一點背景訊息或台語讀音說明，精緻短小是最初印象，言簡意賅是繼起的揣想，耐人尋味則是這些詩最後的風格特色。

　　譬如在2015年4月29日這天，詩的標題是「印象派」，詩句是：「妳樂於舞蹈／用印象派的方式／輕柔的揮灑」，再搭配與詩相呼應的四幀照片；四幀照片以不同角度拍攝池塘蓮花，其篇幅剛好均分了短詩之外的整頁空間。他這樣的設計，讓人吟味：他內心已被田田蓮葉與潔白的花蕊充滿著，從而讓靜態的蓮產生了律動，浮現出「妳」正快樂的舞蹈著。至於這位「妳」是蓮？或是某一女子？在「我見猶憐」的諧音雙關中，在若即若離、似幻還真的藝術手法中，或許隱藏著詩人某種不為人知的感情世界，確實耐人尋味又頗見用心。

又如第176首，沒有詩題，詩句是：「真理嘰哩呱／言語滿滿大家啦／小便池達達」其下加註曰：「這詩華語、台語在人唸。其中『達達』，毋是馬蹄聲，是腳步聲，嘛是滴水聲。2017/8/25。」，此詩作者開放語言系統，也開放意義系統：「真理」的高度與「嘰哩呱」的低瑣既對照又互涉；「言語滿滿」的赫赫聲勢與「大家啦」的平凡無奇也是既對立又順氣；至於「小便池」與「達達」更有趣，「小便池」這個開頭，與一、二句開頭「真理」、「言語滿滿」的正向詩想在此翻轉成負面的影射——真理的夸夸言說，轉成承載穢液的溺器！而「達達」註說不是馬蹄聲，是腳步聲、滴水聲，但讀者的直覺反應仍是滴尿之聲，於是滴尿與馬蹄、腳步、滴水之間開始展開一場無解的對話，然後詩中的真理、話語最後只不過是小便池滴滴答答的聒噪，像這樣對小便池所發表的「高見」，既諧又謔，見出詩人的調皮與幽默！

再看〈自畫像〉：「你促膝以對／與那些山水方寸／倉促與浩瀚」。從詩本身回溯，標題的「自畫像」有兩層含意，一是正在畫自己的像，另一是已經畫完的「自畫像」作品。前者著重在創作過程的畫之動作，後者著重在創作結果的畫的成品。詩人用「你」「促膝以對」來點出畫者與被畫者的自己彼此既親密又保持距離的觀察角度。「與那些山水方寸」是利用語詞錯置製造新關係新美感的

小技巧，被畫者這時從「人」像轉化成「山水」，表示畫者對被畫的自己有著新的期待，期待自己有著山水一般的自然精神風格，因此名詞的「方寸」在語法錯置中變成動詞，表現畫者希望真實的自己與藝術作品之間僅有方寸、幾無距離地相互貼近；但方寸的語意眾所周知是心的意思，因此與山水方寸，便有與山水談心、進行心靈對話的用意。最後在對話中發現彼此在層次上有著「倉促」與「浩瀚」的不同；倉促是時間觀念，浩瀚是空間觀念，詩人在此把畫者的我縮小，把作品的我放大，形成有限與無限的對照；另外，「倉促」所帶的匆忙造作也與「浩瀚」隱含的無邊自如形成對照，從而表現出一種謙卑、不斷督促自己精進的創作精神。

　　總之，李瓜這200首短詩，部分有題或再加圖，部分無題有圖，部分無題無圖；有題或再加圖，提供讀者閱讀的某些線索、方向；無題有圖，與有題類似；無題無圖，則有待讀者從有限的話語中作無限的推想與詮解；各有機趣，難分軒輊。

　　如〈過去〉的這首台語詩：「妳胸坎的花／是心肝頭的笑容／恬恬放袂去」。因有題，讀者較易被引導到愛情在時間上的變化以及變化中不變的深情。

　　第165首：「書默默裝箱／書架七嘴八舌的／說不出話來」。這首詩配有搬空的書架照片，形同有題如「搬空

的書架」，從而在「書架七嘴八舌的」和「說不出話」的反諷中，引導讀者朝向因搬家以致不能安身立命的主題發想。

　　第145首：「像一張椅子／回味離去的餘溫／妳張大眼睛」。無題無圖，形成開放系統，讀者自行揣摩詮釋，不管是要從「椅子」發想、從「餘溫」感發或「大眼」張望，都悉聽尊便，只要言之詮之成理，當然會各有可觀。

　　李瓜寄詩給我時，口頭告訴我，他遺憾自己這本詩集未能全以台語書寫。其實他已有多首都極生活化及自然地將生活及台語融而為一，根本就是如假包換的全漢書寫台語詩了。希望李瓜繼續精進，大寫特寫台語詩，假以時日，下一本詩集就可以找呂老師來寫序，不用再讓我這位台語不輪轉的老師來「虛張聲勢」了。

　　他寫得頂好的台語詩，譬如上述的第176首，顯現他在生活中習用國台語的左右逢源，十分自然，毫不勉強，也不杆格唐突。至於像第167首：「老街守佇這／暝來四界恬恬行／學你老步定」，註：「深夜修改老街短句，想欲佮伊『擬人化』。想誠久，呵，想著『老步定』（lāu-pōo-tiānn，不冒險、穩健。《台日大辭典》）這個詞，這是我上欠矣。2017／8／3」則連詩帶註都已全是台語，特別是首句「老街守佇這」的守，對於台語不是很靈光的人如我，大概會唸成看守的守（siú），李瓜加註音tsiú，正

確的標音讓老街不受時代、環境變遷影響，永遠堅持地守
（tsiú）在它原來位置的精神與意志顯現無遺，不致造成
誤讀。

又如第101首：「雨傘的記持／滴佇遙遠的窗外／
無人夯轉去」。註：「透中晝，佇往佐賀古湯溫泉的公
車頂，看著一枝一枝無名雨傘，生分攔熟似。2016／8／
22」！這頁附上一張照片是照著一排雨傘插立在類似「失
物招領」的架子上，只見探出頭來的傘柄頭東張西望的樣
子，十分擬人化，楚楚可憐，造成詩畫諧協之趣；這又是
讀這本詩集部分台語書寫所獲得的樂趣啊。

每一部好作品，都有多重詮釋的可能。上述是我初讀
李瓜三行詩的初步印象，覺得他的詩樂於開創勇於嘗試，
所以讀他的詩，帶給我的是多元化的享受；希望其他的讀
者也像我一樣，在尋常生活中，透過李瓜的詩一起來尋幽
訪勝，獲得愉悅的、頗堪反覆玩味的閱讀享受。

2018／2／7

自序

　　寫詩的快意，有經驗的人都了然於心，而這詩冊即是如此的寫照。然則這寫照並不以簡單自足，而是精確呈現詩意的經營、設想，以三行詩句實踐個人詩學。

　　當然這形式的選擇是受日本五七五近代俳句的啟發，但正如吾人初讀美國詩人龐德（Ezra Pound，1885-1972）《地鐵車站》（In a Station of the Metro, 1913）的感受一樣，即使我們不懂何謂俳句，也無礙於對巧妙修辭、繁複意象的理解：

The apparition of these faces in the crowd:

Petals on a wet, black bough.

幽暗、潮濕、匆促的地鐵語境、意象，在簡短，只有二行的詩句裡迸發。而《三行詩集》的書寫意圖亦然，只是我不稱這些詩作為漢俳、灣俳、自由俳句、生活俳句、現代俳句等，而名之「三行詩」。因為我以為，這稱呼簡單明瞭，沒有「はいく」的文化追溯、想像，有的是回到三行詩句間的推敲、理解。這是心眼的相遇，是此冊詩集的撰

寫初衷。其次，如拙詩〈無題〉（2018／1／8）所示：

　　在文字裡影像
　　斟酌情感
　　讓繽紛的故事葉落
　　在影像底找字
　　放下理智
　　與一瞬的現代同聲

力圖在感性、知性的張力下，嘗試以三行短詩與照片並置，讓意象、影像有了互文式的關係，有快意的理解效果。這是第二個撰寫初衷。最後，這《三行詩集》的書寫語言雖有台語、華語兩種，但我並不刻意區分，原因無他，皆是個人的快意產物，為了分享而已：

　　直條條軌道
　　上頭總有調皮的風
　　在車後吶喊（2018／1／5）

內容是體悟，是某種的「詩言志」；在形式上，《三行詩集》則是不斷嘗新的結果。

目　次

輯一｜聽詩

輯二｜爐端

聽詩

聽詩

恬靜波瀾於心
我們學著臨摹
歲月

註：聆聽林梵於簽書會上朗詩有感。

2012／9／9

回程票

你預定的日期太遠
遠超出了我們的設定
無從劃位

2013／2／2

#3

反核22萬人低調嫁女

痔瘡手術。台灣媒體

為我拼貼詩句

2013／3／13

祕密

面無表情的來電

是徒勞的窺伺

無從回撥的餘慍

2013／4／14

#5

你方寸分數
我想，還有什麼
可以不及格的？

2013／6／27

#6

月台方向
左右不同
還是可以坐一起

2013／8／10

過去

妳胸坎的花
是心肝頭的笑容
恬恬放袂去

2014／5／22

丟

腦袋這間房

裝不了太多東西

得好好的丟

註：前幾天清（賣）掉了四箱舊書。不知道為啥，特別興奮。好像懂
　　了些道理似的，整個人都神清氣爽起來。

2014／5／31

#9

歌聲浮雲頂

當頭白日使目尾

伊勻勻仔行

2014／7／10

#10

政治果凍跤

撼（hián）來撼過去

拖棚全無味

註：選舉若到，台獨黨綱就予人提出來講，講若欲贏就要共這條提
　　掉。媳婦袂生，牽拖厝邊。四界全跤數。

2014／7／20

風颱

夜深風聲透

恬恬中年上目詩

字字有菩薩

註：上目（tsiūnn-bak）：重視，合意，看做有價值。

2014／7／23

現代
──意象主義論

無垠的自由

朵朵地鐵人影花

一眼烙印聲

註：2014／8／7見梵谷，鞋子（1888年45.7x55.2cm）有感。

幸福

透中晝的光

恬靜走入來桌頂

掠冊金金看

2014／9／3

車行

由緩趨疾的
景色終定了下來
心也放遠了

2014／10／7

尺寸的意義

一

S是小號的遺失
失落的典藏
藏身衣櫥森林的心事

二

M是中號的擁抱
稍微擁擠的餘溫
大象的笑意

2014／10／12

靜物之外

陶罐與酒瓶
暗是滾燙的凝視
渾厚的靈魂

2014／11／6

心肝

世間動物園
內外枷牢互相看
摔死是心肝

註：看著河馬阿河死去的新聞，感觸誠深。

2015／1／7

#18

夢的集點卡
等沒長大的貪心
使壞的善良

2015／2／2

酒箴

獨飲心如樂
知己理當暢快飲
散聚雲自在

2015／2／4

便利貼

記持薄釐釐
身軀上驚有寫字
恬恬哀袂離

註：釐釐（li-li），極薄。

2015／2／9

堅固

冷峻的靜默
抿不住褪色張力
隨光影錚鏦

2015／3／19

想

爬上天的煙

以你的沉默作梯

日清如白雲

2015／3／24

塞凡提斯

你是老騎士

向大風車比中指

上帝被逗笑

2015／3／26

眸光

天涯在咫尺
你是微微的晶亮
熟悉的遙遠

2015／3／27

蓮霧

古早徙（suá）來遮
土地黏人的Formosa
Jambu變蓮霧

2015／3／31

青春

以黑白作底
你穿上鏗鏘長靴
踩韶光而來

2015／4／5

扁舟

山水間一抹
波瀾不興的漣漪
心底的釣問

2015／4／6

鎖

都鎖得進來
股票珠寶地契錢
還有腐朽

2015／4／9

倚窗

你老愛畫窗
讓沉吟飛去透氣
現實超現實

註：網路上，看了幾幅Jean-Édouard Vuillard（11 November 1868-21 June
　　1940）的畫作，許多畫裡都有窗，窗外明亮美麗。

2015／4／17

行道樹

風雨隨車喧
妳兀自攬天高呼
朝陽到朝陽

註：車行中，發愣似的看這些樹。想到一晃而逝的天真。

2015／4／27

印象派

妳樂於舞蹈
用印象派的方式
輕柔的揮灑

2015／4／29

在

妳兀自沈吟

一齣悠緩的默劇

徐徐徐徐的

2015／5／5

日光

一身的從容
風景追著妳上車
我歡欣迎送

2015／5／7

莫札特金髮

安火亮的魂
存金髮一綹的情
值萬元英鎊

註：見新聞偶感。

2015／5／28

暝車

暗暝的墨水
點點滴滴的光彩
偎（uá）來隨走去

2015／5／28

鉛筆

再削掉多少

才能寫出你自己

完滿的句點

2015／6／2

#37

歷史在人寫

彼爿坦克記著著（kì-tiâu-tiâu）

這爿課綱調

2015／6／4

文體

人上上下下

聲色不盡的月台

忘詞筆記本

2015／6／5

敘事

超搭的相遇
得細讀的是自己
隱匿的作者

2015／6／10

肌理

眈視長了苔

眼前有水也有山

寂寞亦喧囂

註：於站牌等車，見店家盆栽有感。

2015／6／11

綠葉

妳沒有豔紅
惟簪以青春綠葉
兀自的溫潤

2015／6／16

男女

幸福是追逐
那兒有愛的種子
別停下來啊

2015／6／18

幽默

飛不動的夢
是虛胖魚寂寞貓
風箏小女孩

2015／6／23

數字

在場不在場
全都噤聲成輕輕
怔怔的數字

2015／6／26

#45

青春是股票

別人賣了賺飽飽

你的一張紙

註：來老街辦代誌，想起同學講的笑話。

2015／6／29

向望
——聽蕭泰然紀念音樂會有感

伊勻勻仔紩（thīnn）

你用音樂講向望

種佇咱心肝

2015／7／5

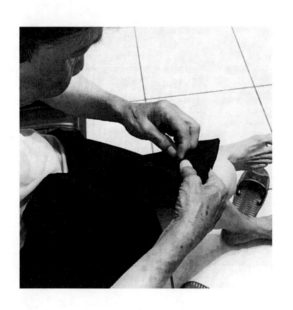

茶鈷（tê-kóo）

天生是恬才
陪人奉茶聽講古
大肚無煩惱

2015／7／7

路邊布袋戲

寂寞也鬧熱
台頂台跤作伙搬
歡喜來賺吃

2015／8／1

#49

終於

寫就一首困頓

中年如此靜好

2015／8／2

喧囂

就這樣說定

靜默的喧囂給我

其他都給你

註：見William Stott (1857-1900), "Reading by Gaslight" (1884)有感。

2015／8／11

爐端

興建中

沒有民族風

唯有一切興建中

你現代了沒

註：在新札幌駅附近飯店所見，有感。

2015／8／17

爐端（炉ばた）

世情さけ酒

冷熱醇薄看時間

靜默在爐端

註：再至富良野市炉ばた居酒屋有感。

2015／8／17

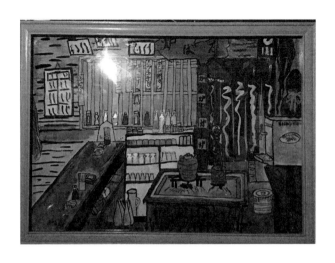

花火

闃夜的仰望

五彩是妳的光影

炫爛也匆匆

註：旅程巧遇洞爺湖畔的煙火，是以誌之。

2015／8／19

西瓜籽獨白

陽光之必要

徐風之必要

發芽之必要

註：以此詩向某二位詩人前
　　輩致意。

2015／9／2

#55

生活是瓶罐
是你凝視的顏色
厚實的泥味

註：見Van Gogh, Still Life with Earthenware and Bottles, September-October
1885.Oil on canvas, 40.1 x 56.3 cm.Van Gogh Museum, Amsterdam.有感。

2015／9／7

鳥

零度的天空
冷藏滿腔的故事
卻與你無關

2015／9／24

童年

倉促的告別
掉落草叢的鑰匙
熄火的校車

註：2000年火山噴發後，這裡（西山火口散策路。見圖），舊洞爺湖
　　幼稚園就隨即廢棄了，成了地貌變化的見證。照相時，遊客甚
　　少，印象寂寥。

2015／9／25

歲月

細碎的徐風
你踟躕光影的笑
相忘的跫音

2015／10／6

浪濤

過去想不透

終會再衝擊身心

來回再來回

2015／10／13

磚

傾頹的廢牆
一堵磚紅的薄鏡
徒然的笑臉

註：見Tommy Ingberg作品有感。

2015／10／30

撋衫

四界人盤撋
日子妳恬恬仔撋
清氣來曝衫

註：「撋（nuá）」有用手大力「推揉、搓揉」的意思。比如：撋衫；另外，嘛有「盤撋（puânn-nuá）」這咧詞（交陪的意思）。毋管是撋衫抑是盤撋，攏愛用心出力。

2015／11／17

窗口百合
──聽陳孟和先生演講有感

插在窗口邊

純淨的百合花香

等待的相望

註：「轉型正義」是陳孟和強調的關鍵詞，也是我們該面對歷史的工作。

2015／11／26

瓶子

日子長了根

這裡有你的枯綠

動詞裡禪坐

2015／12／10

流

劉吶鷗小說

恍若流動在眼前

忽遠又忽近

註：在高鐵站遠眺車流，不由得想到《流》（1928）。有研究者謂之
　　為「上海新感覺派的左翼小說」。打個比方，小說裡的「流」乃
　　工人螞蟻之流，為庸碌為生活。

2015／12／11

#65

街頭和校園
工廠和整座城市
口罩了天空

2015／12／16

冬樹

風把天吹藍
綠葉棲著海濤聲
天地無隱

2015／12／28

年末

愣了一下
老掉的筆記本
窸窸窣窣

2015／12／31

校園角落

偉大是寂寞

最怕青春的喧嘩

掀起你長袍

2016／1／11

海風

柔柔的心情

柔柔飄來的往事

柔柔的敞開

註：見"Wind from the Sea" (1947), another painting by Andrew Wyeth有感。

2016／1／17

地下鐵
——致龐德（Ezra Pound）

溼冷且喧囂

這沒有你的花瓣

唯愛與自由

註：見Arthur Leipzig.Subway Lovers.New York, 1949攝影作品有感。

2016／1／20

你們

咖啡底思緒

如絲如煙相依偎

不斷地攪拌

註：見Jean Van der Keuken, Cafe, Paris, 1960s 攝影作品有感。

2016／1／22

衣架

她有雙心眼

盯著零度的靈魂

與靜默共舞

2016／2／7

這裡

自由的我們
抽象而具體的活
血汗泥土海

2016／2／8

約會

手機和啤酒
用它們搜尋一下
我們的遺忘

照片：李瓜，ケータイとビール
　　　（小樽運河，2015.08）。

2016／2／14

往事

枝椏冷冬裡
心頭的許多逗點
有滌蕩的風

2016／2／18

雨景

心隔著雨滴
隔著眼隔著鏡頭
拍到了溫度

2016／2／18

我是狗
──致愛因斯坦

聞到了自己

夢裡一泡小地盤

失禁的騷味

2016／2／24

夢幻列車

有一群黨徒

賴在最後車廂說

上世紀夢話

2016／2／24

繁華

你淘空自己

波特萊爾的方式

讓流光謳歌

2016／2／26

銅像

再包緊一點
別洩露不朽屍味
口罩了校園

2016／2／28

冬日見子規俳句

車上撞見你

燒入冬日的溫煦

那心頭的火

註：可愛冬日，電車裡見正岡子規俳句如下：
　　いもの皮
　　くすぶりて居る
　　火鉢かな

2016／3／2

你們

聊很久了吧

天南地北的秘密

從牆縫蹦出

2016／3／2

#83

龐然的現代

是一堵招租廣告

啞口的神話

註：等公車時，仰望這棟大樓，思及經濟發展的口號，如雷貫耳的線
　　性思維，那發展的盡頭是什麼？

2016／3／9

枝椏

是誰在天空
植下糾結的枝椏
與海風談笑

2016／3／14

聽巴赫平均律鍵盤曲有感

你帶上耳機
喧囂雨滴都甜了
安安穩穩的

註：詩後，夜讀到大江健三郎生平第一次聽巴赫的《平均律鋼琴曲
　　集》（Well-Tempered Clavier）一、二卷是在武滿徹的家裡，足足聽
　　了近四小時，他被「這般特別的音樂」深深吸引。之後，大江從
　　大約一個月的黑暗僵局中解放出來，「人就是那樣前進的！」他
　　懷著傾聽音樂後的這種確信，開始寫作《個人的體驗》的序章。
　　想來，大江真是知「音」之人啊。

2016／3／21

起厝

遠遠看著你

恬恬起家己的厝

一嘴接一嘴

2016／3／22

鬢

妳若無其事
仿若諧音的記住
徐徐的風息

註：難忘的電影劇照。塔可夫斯基的《鏡子》，關於導演母親的故事。

2016／3／23

世界

日光燦爛啊
遠方足球場傳來
和平的哭嚎

2016／3／26

空了

酒杯喝空了

日曆悠悠填滿了

跫音走失了

2016／4／2

露天電影院

愛情的悲歡

正在眼前的上映

妳遠遠的看

2016／4／5

微微

你在二手書
簽上微微的慨嘆
微微的笑聲

註：經網路二手書肆購得葉老《賺食世家》，見贈書簽名，對其記憶
　　如現眼前。

2016／4／11

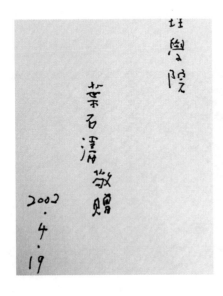

面巾

一隅的緩慢
以棉質速度丈量
汗水的酬勞

2016／4／15

餡（ānn）

包佇心肝內

微微的疼及日頭

風吹啊櫻花

註：河瀨直美輕描淡寫日本一段隔離ハンセン病（麻瘋病）的過去，
　　午後看《あん》（餡，中文片名：《戀戀銅鑼燒》）有感。

2016／4／17

小孩

廣告的小孩

褪去街頭的表情

睜睜的路燈

2016／4／19

長巷

在詩底琢磨

你再次撞見自己

錯雜的背影

註：人之於文學也，猶玉之於琢磨也。（《荀子‧大略》）

2016／4／30

修辭

古老的斟酌

俗世的脆弱已久

你書寫自保

2016／5／4

藝術

你策展自己
時間的行動藝術
日光赤條條

2016／5／17

肖像

那調皮眼神
穿越了時光深皺
炯炯的火光

註：見Irving Penn於1957年為Pablo Picasso拍的肖像，有感。

2016／5／26

制服

穿上制服吧
讓階級美醜安靜
我們都怕吵

2016／6／2

#100

你偶然棲止
風沒有隱喻的吹
靜靜的就好

註：昏沉午間，偶遇不知名的鳥
　　棲止窗外，是以誌之。

2016／7／3

木麻黃

#101

雨傘的記持
滴佇遙遠的窗外
無人夯轉去

註：透中畫，佇往佐賀古湯溫泉的公車頂，看著一枝一枝無名雨傘，
　　生分攔熟似。

2016／8／22

#102

攬愛人的空
透風落雨牽予著
逗陣作風景

註：佇福岡市看Ossip ZADKINE （1890-1967）「恋人たち」Les amoureux,
　　1955有感。

2016／8／25

#103

空厝是電話
是恬寂寂的晚暝
無聲的薄紙

2016／9／12

#104

時間的斑斕

全攬在自己身上

朵朵無言花

2016／9／22

葉仔

歇睏的石椅
風颱了後的葉仔
恬恬袂震動

註：風颱過了，校園看著誠濟樹仔倒去。上課之前四界行，佇這坐落
　　來，抑有淡薄仔雨水，一寡落葉，靜靜仔歇佇這。

2016／9／29

#106

香江悠悠夢

一瓶傾倒的墨水

你最愛西裝

註：看劉以鬯記錄片《他們在島嶼寫作2》有感。

2016／10／5

#107

日子擰乾了

剩下幾滴的汗臭

你背在身上

註：電車人影用汗臭被人記著。

2016／10／6

#108

時代高架了
離地面愈來愈遠
你留不住了

註：台中火車站（2016／5／20）舊照。

2016／10／17

#109

來聽聽喧囂
像老練小孩閉眼
會聞到花香

2016／10／18

秋刀魚

你喜歡咀嚼
簡簡單單一尾魚
嚐淡淡微苦

註：秋刀魚，日語音さんま。平日酌酒點餐也是這樣唸。剛開始是附
　　庸「秋刀魚の味」的風雅，幼稚文青病。病久了，酒桌上就習慣
　　有此魚。

2016／11／25

搧海風

天色遠遠看
海風人聲千里外
凡事愛透流

註：永遠虛歲三十七，
　　感言。

2016／11／30

月台麻雀

有就飛下來
沒有則到處晃晃
單或雙都好

註：見月台麻雀自在覓食，有感。

2016／12／9

#113

恁的愛若火
勻勻仔燒去疼痛
世間的雨神

註：讀鍾理和《蒼蠅》（1950）已不止一次了。然而今天特別想寫出
　　對鍾理和與台妹的愛情感動，在校園、公車、區間車上縈繞不
　　去。就那愛字，考驗了這對夫妻，感動了而後的人。

2016／12／1

我是貓

人是刺夯夯（giâ）
恁夯筆我有跤爪
人是巧佇哪（tak）

註：無意中，知「上手の猫が爪を隱す」（賢人恬才）日語，有感。

2016／12／4

#115

你那老戒嚴
還杵在這裡傻笑
燙金的輓聯

註：見某大學研究生學會聲明抨擊
　　時政，謂執政宛如「戒嚴」。
　　讀畢啞然不能苟同，謹以此戒
　　嚴遺物應之。

2016／12／7

樹根

愛如是凝視

光影與磐石光合

冉冉上了身

註：文學、生命之可敬，在地紮根是本質。有感而發，是以誌之。

2016／12／13

問暖

靜謐的暖陽

佔住一對桌椅笑

問最近好否

2016／12／14

墓誌銘

你是盜墓人
遍仿最好的銘文
刻自坦的無

註：古時墓誌銘乃為防陵墓變遷，放在墓中以備稽考的石刻文字。然
　　則與其說這些文字是為了記得，毋寧是完好的埋葬。詩中「無」
　　乃指小津安二郎之墓碑的「無」。

2016／12／15

仙人掌

你既非仙人
也無意安坐參禪
唯諦聽崩落

2016／12／21

警語

別倚門閒視
那些飛逝的風景
宜慢慢端詳

2017／1／5

紡

車紡心肝紡

上驚正義無通紡

咱愛大力紡

註：知樣紡（pháng）這字，有感。送予高教工會的友志。

2017／1／12

#122

要多少曲折

多少關鍵字才夠

枯索你前路

2017／1／14

#123

忍住啊

那學問的寂寞

加炭吧

註：学問のさびしさに堪へ炭をつぐ（山口誓子）漢譯：求學耐寂
　　寞，添炭爐火中。（彭恩華）

2017／1／22

#124

夜燈若水影

沃佇無心磚仔路

彎彎，曲曲

2017／1／23

#125

秋日寂寥

毛蟲兀自爬行

石板路上

註：秋淋し毛虫はひ行く石畳（正岡子規）；漢譯：石級秋寂寞，毛
　　蟲爬行中（彭華恩）。詩人時年26。明治26（1893）年八月下旬
　　遊上野東照宮作。石畳，有石板路、石階二義。唯毛蟲爬行石
　　階，甚艱辛，且不常見；而爬行於平緩石板路（cobbles；a stone
　　pavement）上當合理多了。

2017／1／24

#126

世界太幽深

我倆只能以愛作底

踮起腳跟啊

註：《Room》（2015）觀後有感。

2017／1／26

#127

舊年終將去

何勞除夕夜敲鐘

眾生惹塵埃

註：除夕之鐘原本是寺院在除夕夜舉行的法會儀式，過去只有佛教徒
　　能夠參加。……除夕之鐘要敲108下。據說這是基於佛教思想，要
　　一一消去人類108個煩惱。然而這只不過是世俗之說。108這個數
　　字，其實是12個月、24節氣與72候加起來的總數，也就是藉由敲
　　打這個數字，來「揮去（祓除）」舊年。（神崎宣武，《日本的
　　季節文化》，2015／10）

2017／1／28

#128

藝術是一生

寫佇心肝內的愛

教咱免驚惶（hiânn）

註：看《丹麥女孩》（2015），想著少年時讀《鱷魚手記》的「痛
　　徹」與力量。

2017／1／30

#129

暗光鳥的聲
古冊眩人的哭聲
歷史相扑聲

註：眩（siânn）：用物件來引誘。（台日大辭典）

2017／1／30

#130

情分是流水
有時恬靜有時捲
伴你千里岸

註：看「あ・うん」（1989）有感。

2017／2／11

#131

沈默的濤聲

是你與磐石對話

弱者的祈禱

註：讀小說《沈默》有感。

2017／2／17。

家族史

卷角正發歔

那男人嘴角微翹

女人髮已白

2017／2／24

#133

你找不到了

那些美好的青澀

路過駐足吧

2017／3／5

#134

勇敢的樣子
你還沒仔細想過
但害怕看過

註：看阿巴斯《The Bread and Alley》（1970）有感。

2017／3／7

#135

你不斷努力
即使滿滿的背負
就慢慢走吧

2017／3／8

註：偶見街友有感。

#136

她的烏龜放生，你要收容！
她的慈悲放生，你要收容！
她的腦袋棄養，你要收容？

2017／3／8

#137

喧囂人寂寞
漣漪綠葉不看花
蛙鳴空未央

2017／3／15

#138

別怨老天了
妳深諳文學脆弱
就足堪風雨

2017／3／16

#139

存在有坑洞
你得不斷去填補
用書底絮語

2017／3／20

#140

路邊燈仔花
夯頭是日子的歌
微微春風搖

2017／3／27

#141

行路慢了點
小心婆娑敗葉多
踩了弄疼腳

2017／4／1

#142

思想的弧度
不留徐風與陽光
還在這裡沉思

註：見陳英傑雕塑，思想者（2010）有感。

2017／4／8

#143

你離台當年
淤積詩裡的壘塊
像消波塊嗎

註：看梧棲海岸，想《離台詩》的疑問。

2017／4／10

木麻黃

你滿身皺紋
是長年積累的笑
針藏在葉裡

2017／4／14

#145

像一張椅子
回味離去的餘溫
妳張大眼睛

2017／4／15

#146

馬關港有風
李鴻章終於簽字
痰盂累壞了

註：記起1985／4／17此日，有感。

2017／4／21

#147

日子的腳步

一聲一聲磨了啊

無影也無跡

註：鞋底佮主人講，伊欲功成身退囉。

2017／4／22

#148

你如歌泅泳

讚嘆浮雲的一瞬

那無言之憂

註：聽巴哈創意曲偶感。

2017／4／24

#149

一個人聽歌

透暝高速公路頂

爽快來吹風

　　　　　　　　　　　　　　　　2017／4／28

論文

心肝寫無字

遐大塊的磚仔紙

揹來揹過去

　　　　　　　　　　　　　　　　2017／4／30

故事

#151

扑拚過日子

做工上驚賺無吃

老來無偎靠

註：五一勞動節有感。以前有《孤女的願望》，今仔日有「汗逗路
　　（ハンドル）」卡車司機的殷望：「用汗水拚出一片天」。圖片
　　攝自社區路邊聯結車，風趣幽默。

2017／5／1

#152

靜好緩緩的

葉子兀自的風

從樹杪滴落

註：聽Sviatoslav Richter演奏J.S.Bach: The Well-Tempered Clavier.Book I
　　有感。

2017／5／15

#153

孤單又深邃

妳斜著大眼起造

小小的房子

註：說來好玩，原以為奈良美智是位女士。呵，只因他名字有個
　　「美」字。

2017／5／20

#154

鄉愁是愛情

樹杪是朵朵浮雲

你心頭的歌

註：聽德佛札克（Dvorak）大提琴協奏曲Cello Concerto in b minor Op.104
　　（B191）有感。

2017／5／23

#155

酒尚未黎明

他還在月下斑斕

找閃亮的字

註：見羅特列克（Henri De Toulouse-Lautrec, 1864-1901）一幅畫：The
　　Drinker（1882）有感。

2017／5／27

#156

也無需登高
只要悠緩地聆聽
就能俯瞰了

2017／5／31

#157

杈枒騷如字
刻寫於心的針棘
震顫顫的火

2017／5／31

#158

流光是一頁
又一頁詩行的晨昏
無聲的扣問

註：下晡趁雨歇之際，在呂老師家挖了許多寶。喜甚。

2017／6／16

#159

你舞曲波蘭
我心悠悠窗外馳
戚戚想臺灣

註：公車上聽著耳機裡的波蘭舞曲，看著窗外有感。

2017／6／28

自畫像

你促膝以對

與那些山水方寸

倉促與浩瀚

2017／7／2

#161

你躲在後頭

其餘給別人討論

把恬美留下

註：聽Barber, Violin Concerto, Op.14.I.Allegro有感。

2017／7／6

#162

形式是瓶子

悠悠內裡一尾魚

收筆念頭忘

註：見詩人Fan Lin老師「形式」俳句一首，有感。

2017／7／9

#163

無的確伊的

故事的無的確有

淡薄仔的確

註：規工讀某友的小說，但是無真專心，想東想西，想起伊應該會繼
　　續寫落去，啊我嘛是。

2017／7／18

#164

匆匆遇有識

青山杳渺話浮雲

憨人兩顆膽

2017／7／20

#165

書緘默裝箱
書架七嘴八舌的
說不出話來

2017／7／20

#166

詩愛唱出來

咱的不平及目屎

正義的心聲

註：讀柯旗化先生《獄中家書》有感。

2017／8／1

#167

老街守（tsiú）佇這

暝來四界恬恬行

學你老步定

註：深夜修改老街短句，想欲佮伊
　　「擬人化」。想誠久，呵，想著
　　「老步定」（lāu-pōo-tiānn，不冒
　　險、穩健。《台日大辭典》）這
　　個詞，這是我上欠矣。

2017／8／3

#168

歇佇胸坎的
是木黃頂的湧聲
走來又走去

2017／8／9

#169

堅硬的講堂
巍峩石柱的風化
都成了景點

東京大學安田講堂
2017／8／12

#170

早起蟬鳥響

夯頭青翠有明暗

渺遠心猶然

註：提著報紙才意識著，今日，是終戰72週年啊！

2017／8／15

#171

響起咱鄉土

你我悲歡及圓缺

安頓的旋律

註：聽Pablo Casals, Song of the Birds有感。

2017／8／15

#172

落雨的晚暝

伊那行那喝那行

那揣伊的名

2017／8／16

#173

你學習安坐

山光與水色之間

與自己共舞

註：巴哈大提琴無伴奏組曲是最愛的弦音，給我許多想像。

2017／8／21

#174

毋管踏入門

也是踏出門仝款

愛远過戶橂

註：戶橂（hōo-tīng），門檻。远
　　（hānn），跨過。攝影（liap-
　　iánn）時，戶橂，好親像看會
　　著過去腳跡及故事仝款。

2017／8／23

#175

伴雨飄過來

就像伊張開的傘

那盎然的靜

2017／8／23

#176

真理嘰哩呱

言語滿滿大家啦

小便池達達

註：這詩華語、台語在人唸。其中「達達」，毋是馬蹄聲，是腳步
　　聲，嘛是滴水聲。

2017／8／25

#177

妳快意飄落
反抗沉重的姿態
靜默驚嘆號

註：美遇樟樹落葉，是以為誌。

2017／9／1

#178

沒有紅綠燈
夢是蜿蜒的山路
老想那藍天

2017／9／6

#179

雜沓街市裡

你的樓燈火通透

傲然而平靜

註：記憶，因味道有了意義，「新珍味」大滷麵就是。那晚頻頻的回
　　望也是。

2017／9／14

#180

大包小包的
行囊陽光與青春
沒來由的輕

2017／9／16

#181

那詩句而今
竟是苦悶與調皮
睜睜的神遊

2017／9／18

#182

那些的離亂
比課本文言還老
青春讀不懂

註：《戰火浮生錄》演什麼早忘得乾乾淨淨，唯一還有印象的是最後
　　的Bolero。在台中成功路的豐中戲院看這電影，那年1981。

2017／9／18

#183

小心別撞上
昨日躊躇的沉吟
那寂寞未息

2017／9／20

#184

銀紙的心願
一袋一袋濟若山
相近（kheh）燒燒燒

註：照《台日大辭典》寫的，近khueh，漳州音；kheh，泉州音，五汉
　　人講這個音。銀紙近作伙，毋知有臭汗酸味無？

2017／9／20

#185

心事藏不了
一堵自若的光影
跟你躲貓貓

2017／9／24

#186

下晝麻黃腳
騎馬打仗殺殺殺
時間沓滴聲

註：細漢為著欲比賽，捌特訓寫毛筆字，煞毋知有「水注」這種物
　　件，莫怪看是枝裕和電影《比海還深》時，感覺誠奇巧。趣味
　　的是，「水注」嘛叫「硯滴」；日本人講作「水滴（すいて
　　き）」。寫字時毋知有聽著一滴一滴時間的聲否？沓滴、沓沓滴
　　滴（tap-tap tih-tih）。

2017／9／25

#187

孤單風向球
規年週天企懸懸
毋知人心肝

註：規年週天（kui-nî-thàng-thinn）：一整年。企（khiā）：站立。

2017／9／26

藝術

妳匆匆坐著

不曾設計的凝望

一瞬我何求

註：與旅日張文燦攝影家談攝影有感。

2017／11／04

童年

清晨削了皮
孤單酸甜的蘋果
窗盯著露水

2017／11／22

#190

跟過去告別

你打算不再計時

漫漫長路啊

註：送鐘，因與「送終」諧音而成為禁忌。路見此「裝置藝術」，不
　　知何人為何送終？耐人尋味。

2017／11／27

#191

甘露心中來

神采自在天地間

文明新臺灣

註：見黃土水《甘露水》（1921）雕塑圖片有感。

2017／12／5

#192

肩胛頭有鳥

翼是曝袂焦的笑

等歇睏的風

註：肩胛頭（king-kah-thâu），肩頭。翼（si̍t），翅膀。焦（ta），沒
　　有水分。歇睏（hioh-khùn），歇息。

2017／12／6

#193

你藏了表情

就這樣守住喧囂

傻傻的以為

註：偶遇白翎鷥（peh-līng-si），停在那，像似啟示般的存在。

2017／12／15

#194

眼前是戲棚

故事那寫咱那搬

你心肝頭有歌

2017／12／18

#195

XL是眼前

M是趖來的記持

叫你縮小腹

註：趖（sô）閒晃。這領阮
　　阿爹買予我的皮衫，以
　　前毋甘穿，這時穿伊著
　　愛縮小腹。

2017／12／20

#196

落葉仍紛紛

正義雙方不停協議

卻忘了為妳添衣

2017／12／28

#197

你踩石過河

為了仰望心底的蜿蜒

那潺潺人情的回聲

2017／12／29

#198

有一種復活

是遺忘與惦記

死生交纏的琴聲

註：羅曼波蘭斯基說：「假如死後墳上要放一部拷貝，我希望是《戰
　　地琴人》。」

2017／12／31

#199

人生的故事
妳沓沓仔放予袂記
位艱苦的先放

註：沓沓仔（tah-tah-á）慢慢地。看《去看小洋蔥媽媽》有感。

2018／1／1

#200

直條條軌道
上頭總有調皮的風
在車後吶喊

2018／1／5

吹鼓吹詩人叢書49　PG2706

爐端
──李瓜三行詩集

作　　者/李　瓜
總 策 畫/蘇紹連
主　　編/陳政彥
責任編輯/陳彥儒
圖文排版/黃莉珊
封面設計/劉肇昇

發 行 人/宋政坤
法律顧問/毛國樑　律師
出版發行/秀威資訊科技股份有限公司
　　　　　114台北市內湖區瑞光路76巷65號1樓
　　　　　電話：+886-2-2796-3638　傳真：+886-2-2796-1377
　　　　　http://www.showwe.com.tw
劃撥帳號/19563868　戶名：秀威資訊科技股份有限公司
　　　　　讀者服務信箱：service@showwe.com.tw
展售門市/國家書店（松江門市）
　　　　　104台北市中山區松江路209號1樓
　　　　　電話：+886-2-2518-0207　傳真：+886-2-2518-0778
網路訂購/秀威網路書店：https://store.showwe.tw
　　　　　國家網路書店：https://www.govbooks.com.tw

2022年3月　BOD一版
定價：220元
版權所有　翻印必究
本書如有缺頁、破損或裝訂錯誤，請寄回更換

讀者回函卡

國家圖書館出版品預行編目

爐端：李瓜三行詩集 / 李瓜著. -- 一版. -- 臺
  北市：秀威資訊科技股份有限公司, 2022.03
    面； 公分. -- (吹鼓吹詩人叢書；49)
  BOD版
  ISBN 978-626-7088-50-0(平裝)

863.51   111001653